25413

LES SAINTS STIGMATES.

ODE.

PAR PIERRE LAMONTAGNE,

DE LANGON,

Auteur de plusieurs Poëmes dramatiques, Poësies diverses, et Ouvrages traduits de l'anglais, de la Société des Sciences et Belles-Lettres de Bordeaux, ex-Professeur de Belles-Lettres de l'Ecole centrale de la Gironde, Notable du même département.

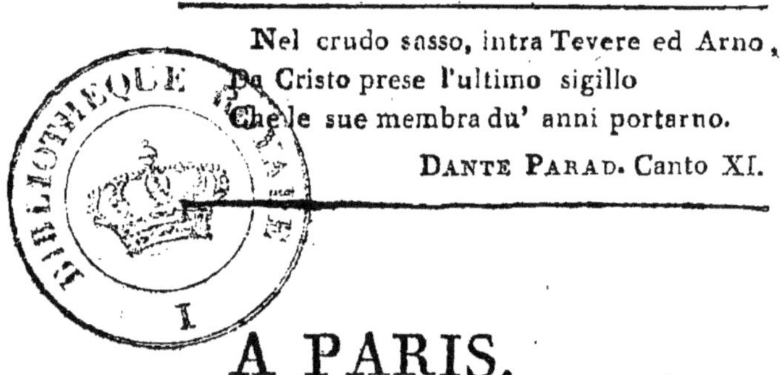

Nel crudo sasso, intra Tevere ed Arno,
Da Cristo prese l'ultimo sigillo
Che le sue membra du' anni portarno.

DANTE PARAD. Canto XI.

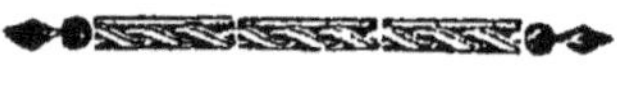

A PARIS,

DE L'IMPRIMERIE DE S. A. HUGELET.

1810.

Les Ouvrages de l'Auteur sont :

La Théâtromanie, l'Enthousiaste, le Café de Rouen, la Physicienne, Comédies en vers représentées avec succès à Paris et dans les Départemens. Papelard, ou le Tartufe philosophe et politique, Comédie en 5 actes et en vers, imprimée à Paris en 1796, représentée à Bordeaux dans la même année. Le faux Hermite, comédie en un acte et en prose, représentée à Bordeaux, non imprimée. Arabelle et Altamont, Tragédie en 3 actes, imprimée à Paris en 1791, représentée à Paris au Théâtre Favart en 1807, par une société d'Artistes dramatiques.

Un recueil de Poësies diverses, Paris 1789, qui renferme le poëme de la Lévite conquise, publié en 1783.

L'Auteur depuis son retour à Paris, a publié:

La Vestale, poëme en 4 chants, 1805.

Epître aux Députés français de la religion juive 1807.

La Bataille de Marengo, Ode, 1808.

L'Auteur, de retour d'Andelys, où il a professé dans une Ecole secondaire, donne des leçons de Littérature, de langues Anglaise et d'Italien. Sa demeure est rue de Lille, N° 2.

NOTICE

SUR LE MIRACLE

DES SAINTS STIGMATES.

Saint François d'Assise, né dans cette ville en 1182, a fondé l'ordre des Frères mineurs. Desirant cueillir la palme du martyre en prêchant la religion, il fit un voyage en Egypte, vers l'an 1219. Mélédin, qui régnait alors, accueillit avec bonté le saint Patriarche dont il respecta le zèle et les vertus ; il lui permit d'accomplir sa mission, et défendit qu'on lui fît éprouver aucun mauvais traite-ment. François n'ayant pu obtenir la faveur qu'il desiroit, s'en retourna en Italie ; il se retira sur le mont-Alverne situé dans cette partie des Apennins qui sépare la Toscane du territoire de Rome, à dix milles de San-sepolcro, petite ville sur le Tibre, dans le voisinage d'Arezzo. C'est là que le 14 septembre 1224, jour de l'Exaltation de la Ste-Croix, il vit dans les airs un Séraphin crucifié qui imprima les marques des plaies de Jésus-

Christ sur ses piéds , ses mains et son côté :
c'est ce qu'on nomme les Saints Stigmates ,
qu'il porta jusqu'à sa mort , arrivée en 1226.
Ces plaies répandaient continuellement du
sang , ce qui obligeoit le saint de les couvrir
d'un linge , qu'il fallait changer de tems en
tems. Grégoire IX, qui vivait à cette époque
et qui a canonisé St-François en 1228 , fait
mention de ce miracle dans la bulle, *Confessor
Domini.* Alexandre IV en parle dans la bulle
Benigna operatio. St Bonaventure qui a écrit
la vie de St François , dit qu'Alexandre IV,
prèchant devant une assemblée où il se trou-
vait avec plusieurs religieux de son ordre ,
affirma avoir vu les Stigmates pendant la vie
du saint. Grégoire IX ordonna que ce miracle
fût célébré par une fête que Benoît XII sanc-
tionna. Sixte IV la fit insérer dans le marty-
rologe romain, et Paul V, à la prière de
Philippe III, la rétablit en certains lieux de
l'Espagne, où l'on avait cessé de l'observer.
Quelques personnes , qui ont obtenu la per-
mission de voir le corps de St François dans
le caveau de l'Eglise qui lui est dédiée dans
Assise , ont rapporté avoir vu ces blessures.
Parmi ces témoins oculaires on cite le Pape
Nicolas V. On voit au Musée Napoléon un

tableau de *la Hire*, qui représente cette visite
du Pape : le peintre a saisi le moment où le
souverain Pontife leve le bas de la robe du
Saint pour voir la plaie de son pied. Ce
tableau est admirable par les effets de lumière
et l'expression des figures. La momie dont on
ne voit que le visage et les mains, est d'une
vérité frappante. Le même musée possède
deux tableaux qui ont pour sujet le Miracle
des Saints Stigmates, l'un est de *Porbus* fils ,
et l'autre de *Badalocchio*.

St Bonaventure dit que plusieurs Cardinaux
composèrent des cantiques sur les Saints Stigmates. Wadingue qui a écrit les Annales des
Frères mineurs avait , dit-on, un poëme ma-
nuscrit de Pétrarque sur ce sujet. Il a eu
grand tort de ne pas le faire imprimer , sur-
tout si cet ouvrage était écrit en vers italiens ,
dans lesquels ce grand poëte a excellé. On
sait qu'il n'a pas la même supériorité dans la
poésie latine où il s'est aussi exercé.

LES
SAINTS STIGMATES.
ODE.

~~~~~~~~~~

Par une abondante rosée
Comme, dans la fraîcheur des nuits,
Une plante fertilisée
Se couvre de fleurs et de fruits,
Ainsi cet (1) olivier sauvage,
Orné de son nouveau feuillage,
Etend ses rameaux glorieux ;
Et sa tige à peine naissante,
Du sang des martyrs dégouttante,
Déjà s'élève jusqu'aux cieux.

~~~~~~~~~~

Des vents déchaînés sur sa tête
Cet arbre a soutenu les coups ;

---

(1) C'est par ce symbole, que l'écriture désigne l'église for-
mée par les Gentils substitués au peuple Juif.

Mais aux fureurs de la tempête
Succède un jour tranquille et doux.
La barque dont Pierre est le guide,
Sillonnant la plaine liquide ,
Des Chrétiens fixe les regards ;
Comme une étoile favorable ,
Du Sauveur la croix adorable
Brille sur le front des Césars.

Pour gagner ces palmes divines
Qu'on n'obtient plus par le trépas,
Dans un sentier couvert d'épines
De nouveaux Saints portent leurs pas.
Au fond des bois impénétrables ,
Ou sur des rochers formidables
Ils offrent à Dieu leurs tourmens ,
Et du Caucase inacessible
La caverne la plus horrible
Répond à leurs gémissemens.

Séparés d'un monde frivole ,
D'autres vivent dans les cités,
Et de la divine parole
Ils annoncent les vérités ;
Des vertus le parfait modèle ,
Leur exemple au peuple infidèle
Du Christ fait respecter la loi.
Ils vont, dans leurs pieuses courses ;
Jusques sous le ciel des deux ourses
Porter le flambeau de la foi.

La jeune vierge qui n'aspire
Qu'à s'unir au céleste époux,
Dans un continuel martyre
Trouve les charmes les plus doux:
De la règle la plus austère
S'imposant le joug volontaire,
Elle immole sa liberté.
Les pleurs, l'abstinence et les veilles
Flétrissent les roses vermeilles
Dont l'éclat ornait sa beauté.

Sur un vaisseau dont le zéphire
Enfle les voiles doucement,
Quel est cet homme qu'on admire
Sous le plus humble vêtement ?
Lorsqu'il parle les vents se taisent,
Les flots tulmutueux s'appaisent,
Tout semble obéir à ses lois.
Les oiseaux planant sur les ondes,
Les habitans des mers profondes
Accourent au son de sa voix.

C'est François pour son divin maître,
Brûlant de la plus vive ardeur,
Qui partout veut faire connoître
Le Dieu qu'il porte dans son cœur.
Il nous retrace par sa vie
Celui (1) que le fils de Marie

____

(1) St-Jean l'évangéliste le disciple bien-aimé.

'A paru toujours préférer ,
Que , lui recommandant sa mère ,
Sur la croix il nomma son frère
Quand il se vit près d'expirer.

Du Nil parcourant les rivages,
De Dieu ce zélé serviteur
Apprit aux nations sauvages
Le nom sacré du Rédempteur.
Pour que l'église pût s'étendre
Il ne demandoit qu'à répandre
Son sang en généreux martyr ;
Mais son attente fut trompée
Et cette palme est échappée
Aux mains prêtes à la cueillir.

Où s'élève mon vol rapide,
Et quel essor audacieux
M'emporte au palais où réside
La majesté du Roi des cieux ?
Sur un trône environné d'anges
Qui chantent en chœur ses louanges,
Au sein d'une pure clarté,
La Reine des esprits célestes
Invoque avec des yeux modestes
Le Christ que ses flancs ont porté.

Toi qui , mon Sauveur et mon Maître,
Fais voir à mon œil étonné
Le Dieu de qui j'ai reçu l'être ,

Le fils à qui je l'ai donné,
Tu sais qu'animé par ta grace,
De tes martyrs suivant la trace,
François cherche un trépas si doux.
Faut-il que toujours il gémisse
Sans prendre part à ce calice
Dont tu fus abreuvé pour nous ?

Vierge sainte, ô mère admirable,
Protectrice des malheureux,
Dans sa demeure impénétrable
Le Seigneur exauce tes vœux.
Par le plus sublime mystère,
Tu jouis des droits d'une mère
Sur un Dieu devenu mortel,
Et, par ce beau titre exaltée,
Ta puissance est illimitée
Comme celle de l'Eternel.

Mais déja mon foible génie,
Succombe à de trop grands efforts,
Et voit son aîle ralentie
Prête à détendre ses ressorts.
Du ciel hâtons-nous de descendre ;
O lyre harmonieuse et tendre,
Ranime tes sons languissans,
Il faut offrir d'autres merveilles,
Et pour enchanter les oreilles,
Préparer de nouveaux accens.

3.

Quel est ce mont qui dans les nues

Cache son sommet orageux ?
De son front les neiges fondues
Tombent en torrens écumeux ;
Des rochers, des antres sauvages,
Sont couronnés par les feuillages
Et des sapins et des cyprès.
Les ours et les oiseaux funèbres
Peuvent seuls chercher les ténèbres
De ces redoutables forêts.

C'est le majestueux Alverne
Qui règne sur les Apennins ;
A genoux près d'une caverne
François au ciel lève ses mains.
Sur ses traits la pâleur empreinte ,
La flamme de ses yeux éteinte ,
Annoncent ses austérités ;
Mais les pleurs mouillent son visage ,
Et sur une touchante image
Ses regards semblent arrêtés.

François , de cette grotte obscure ,
O combien tu chéris l'aspect !
De son flanc l'énorme ouverture (1)
Te pénètre d'un saint respect.
Tu sais que cette roche antique
Est un monument authentique

---

(1) Une révélation avoit appris à St François que la fente du
Mont-Alverne avoit été causée par le tremblement de terre
arrivé à la mort de J, C.

Du Christ à la mort condamné ,
Lorsqu'il fit dans son agonie
Du dernier soufle de sa vie
Frémir l'univers consterné.

Tu médites sur ce mystère
Qui nous a rendu tous nos droits ,
Et transporté sur le Calvaire ,
Tu gémis au pied de la Croix.
Par des sentimens ineffables
Tu souffres les maux effroyables
De notre grand libérateur.
Le sang dont ses mains déchirées
Distillent les gouttes sacrées ,
Coule jusqu'au fond de ton cœur.

Quelle obscurité menaçante
M'environne de toutes parts ?
Soleil, ta splendeur rayonnante
Soudain s'éclipse à mes regards.
Comme à l'instant de la tempête ,
L'Alverne enveloppe sa tête
De nuages amoncelés.
Les éclairs sillonnent les nues ;
Des rochers les pointes aigues
Brillent de leurs feux redoublés.

Mais une lumière dorée (1)

____

(1) Ad ipsius Crucifixi presentiam mons totus luce aurea
refulgebat, dit la légende.

Descend de la voûte des cieux,
Et de la caverne éclairée
Offre le contour à mes yeux.
La nuit, qui répandoit ses ombres,
A replié ses voiles sombres
A l'aspect de ce jour nouveau,
Dont tout l'Apennin s'illumine,
Jour de qui la source est divine
Et dont Dieu même est le flambeau.

Quel admirable météore
Se présente à mon œil surpris ?
Trois cercles dont il se colore
Forment une brillante Iris.
Dans cet espace renfermée
Se montre une croix enflammée
Où le plus beau des Séraphins,
Comme la victime innocente
Dont il est l'image vivante,
Attache ses pieds et ses mains.

Tout l'effort d'un pinceau fidèle
Pourroit-il exprimer les traits
D'une beauté dont le modèle
A l'homme ne s'offrit jamais ?
Sous les rubis de sa couronne,
L'albâtre de son front rayonne
D'un éclat plus éblouissant.
François, qu'un feu céleste embrase,
Plongé dans une douce extase,
Voit ce spectacle ravissant.

Des rayons d'une flamme pure
Son corps est tout-à-coup percé;
De chaque divine blessure
Le signe sanglant est tracé.
Ainsi dans la cire enflammée
Demeure l'image imprimée
Des traits dessinés sur l'airain;
Ainsi la mère qui soupire
Grave l'objet qu'elle desire,
Sur le fruit qu'enferme son sein.

Par les douleurs les plus cruelles
Le saint Martyr est déchiré,
Et des voluptés éternelles
Le charme le tient enivré.
Il souffre, mais cette souffrance
Est un gage de la présence
Du Sauveur visible en ce lieu;
D'un cœur tendre aimables supplices,
Tourmens si doux, chastes délices
D'une ame qui s'unit à Dieu!

Tout a disparu comme un songe,
Mais ce triomphe glorieux,
François, peut-il être un mensonge,
Lorsque ton sang coule à tes yeux?
Il examine chaque plaie;
D'un si grand miracle il s'effraie;
Son cœur en demeure troublé,
Et son humilité profonde
S'efforce de cacher au monde
Les faveurs dont il est comblé.

FIN.

www.ingramcontent.com/pod-product-compliance
Lightning Source LLC
LaVergne TN
LVHW050421060726
842526LV00007B/2373